El Misántropo

Por

Molière

PERSONAJES

ALCESTE, enamorado de Celimena.

FILINTO, amigo de Alcestes.

ORONTE, enamorado de Celimena.

CELIMENA, enamorada de Alcestes.

ELIANTA, prima de Celimena.

ARSINOE, amiga de Celimena.

ACASTO y CLITANDRO, marqueses.

VASCO, lacayo de Celimena.

UN GUARDIA, del Mariscalato de Francia.

DUBOIS, lacayo de Alcestes.

La acción es en París, en casa de Celimena.

ACTO PRIMERO

ESCENA PRIMERA

Filinto, Alceste

FILINTO

¿Qué es lo que pasa?

ALCESTE (sentado)

Dejadme, os lo ruego.

FILINTO

Pero, una vez más, decidme qué extravagancia...

ALCESTE

Dejadme aquí, os digo, y corred a ocultaros.

FILINTO

Pero al menos escucha uno a la gente, sin enojarse.

ALCESTE

Pues yo quiero enojarme y no quiero escuchar.

FILINTO

No alcanzo a comprender vuestros repentinos enfados, y en fin, aunque amigos, soy de los primeros...

ALCESTE (levantándose bruscamente)

¿Yo, vuestro amigo? Quitáos eso de la cabeza. Notoriamente lo he sido hasta hoy; pero después de lo que acabo de ver manifestarse en vos, os declaro sin más que he dejado de serlo y que no quiero sitio alguno en corazones corrompidos.

FILINTO

¿A vuestro paracer, soy, pues, muy culpable, Alceste?

ALCESTE

Vaya, deberíais moriros de pura vergüenza; semejante proceder es inexcusable, y cualquier hombre de honor se escandalizaría de él. Os veo abrumar a un hombre con agasajos, testimoniarle la mayor afección; con protestas, pro mesas y juramentos acompañáis el furor de vuestros abrazos, y cuando os pregunto luego quién es ese hombre, apenas podéis decirme cómo se llama; vuestro entusiasmo por él decae al separares, y a mí me lo dais como indiferente. ¡Pardiez!, es una cosa indigna, cobarde, infame, rebajarse así hasta traicionar la propia alma; y si por desgracia hubiera hecho yo otro tanto, iría a ahorcarme al instante, de remordimiento.

FTLINTO

Por mi parte, no veo que el caso sea de horca, y os suplicaré no tomar a mal que me conceda gracia en vuestra sentencia, y que no me ahorque por esto, si os parece.

ALCESTE

¡Qué poca gracia tiene la broma!

FILINTO

Pero, seriamente, ¿qué queréis que se haga?

ALCESTE

Quiero que haya sinceridad y que, como hombres de honor, no pronunciemos palabra en la que no creamos.

FILINTO

Cuando un hombre viene a abrazaros lleno de gozo, es preciso pagarle en la misma moneda, responder lo mejor posible a sus manifestaciones, y devolver promesa por pro-mesa y juramento por juramento.

ALCESTE

No, yo no puedo soportar este cobarde proceder que afecta la mayoría de vuestra gente a la moda; y nada odio tanto como las contorsiones de todos esos grandes artífices de protestas, esos afables donadores de frívolos abrazos, esos obsequiosos habladores de palabras inútiles, que asaltan a todos con sus amabilidades y tratan en la misma forma al hombre de mérito y al tonto. ¿Qué ventaja hay en que un hombre os agasaje, os jure' amistad, fidelidad, celo, estima, ternura, y os haga el más deslumbrante elogio de vuestra persona, si corre a hacer lo mismo con el primer pelele? No, no, no existe alma un poco bien puesta que acepte una estimación tan prostituida; y la más honrada tiene por baratos esos dones, desde que ve que se nos confunde con todo el universo: la estimación se funda en alguna preferencia, y estimar a todo el mundo es no estimar a nadie. Pues que os entregáis a esos vicios de la época, no estáis hecho, ¡par diez!, para ser de los míos; rechazo la amplia generosidad de un corazón que no establece diferencia alguna para el mérito; yo quiero que se me distinga; y para decirlo claro, el amigo del género humano no es cosa que me convenga.

FILINTO

Pero cuando se anda en sociedad, preciso es cumplir con algunos convencionalismos que exige el uso.

ALCESTE

Os digo que no; se debería castigar inexorablemente ese vergonzoso comercio de las apariencias de la amistad. Quiero que seamos hombres, y que en toda circunstancia aparezca en nuestras palabras el fondo de nuestro corazón, que sea él quien hable y que nunca se disfracen nuestros sentimientos bajo cumplidos vanos.

FILINTO

Hay muchas ocasiones en que la franqueza absoluta resultaría ridícula y poco al caso; y a menudo, mal que le pese a vuestro austero honor, es bueno ocultar lo que tenemos en el alma. ¿Sería adecuado y decente decir a mil personas todo lo que pensamos de ellas? Y cuando hay alguien que nos desagrada o a quien odiamos, ¿debemos declararle la cosa tal como es?

ALCESTE

Si.

FILINTO

¿Qué? ¿Iríais a decir a la vieja Emilia que a su edad le queda mal hacerse la coqueta, y que los afeites que usa escandalizan a todos?

ALCESTE

Sin duda.

FILINTO

¿A Dorilas que es demasiado importuno, y que no hay oídos en la corte a los que no harte relatando su bravura y el brillo de su linaje?

ALCESTE

Efectivamente.

FILINTO

Os burláis.

ALCESTE

No me burlo, y no voy a perdonar a nadie a ese respecto. Demasiado heridos están mis ojos, y la ciudad y la corte no me ofrecen más que espectáculos buenos para revolverme de bilis; caigo en un humor negro, en un enfado sin límites, cuando veo vivir a los hombres como lo hacen; dondequiera encuentro sólo adulación cobarde, injusticia, intereses, traición, pillería; no puedo aguantar más, me enfurezco, y es mi propósito desafiar en sus barbas a todo el género humano.

FILINTO

Ese filosófico enfado es un poco demasiado salvaje; ríome de los negros ataques en que os contemplo, y me parece ver en nosotros dos, educados en la misma forma, a esos dos hermanos que pinta La escuela de los maridos, cuyos...

ALCESTE

¡Por Dios! Dejemos ya vuestras insulsas comparaciones.

FILINTO

No, renunciad buenamente a todas esas locuras. El mundo no ha de cambiar por vuestra diligencia; y puesto que la franqueza tiene tantos encantos para vos, os diré franca mente que esta enfermedad da el espectáculo dondequiera que vais y que tan gran enojo contra las costumbres de la época os pone en ridículo ante mucha gente.

ALCESTE

Tanto mejor, ¡pardiez!, tanto mejor, eso es lo que pido; me resulta muy buena señal y me alegro en grande por ella: todos los hombres me son odiosos a tal punto, que me disgustaría pasar por discreto a sus ojos.

MANTO

¡Vos detestáis la naturaleza humana!

ALCESTE

Sí, he concebido por ella un odio espantoso.

FILINTO

¿Todos los pobres mortales, sin excepción, serán incluidos en este aborrecimiento? Todavía hay algo de bueno en el siglo en que vivimos...

ALCESTE

No: es general, y odio a todos los hombres: a los unos, porque son malos y dañinos, y a los otros, por ser complacientes con los malos y no tener para ellos ese odio vigoroso que debe provocar el vicio en las almas virtuosas. Se ve el injusto exceso de esta complacencia a propósito del perfecto facineroso con el que mantengo pleito: a través de su máscara se ve al traidor plenamente; es conocido como lo que es en todas partes; sus caídas de ojos y su tono dulzón no engañan más que a los que no son de aquí, se sabe que ese palurdo digno de que se le ponga en evidencia se ha deslizado en la sociedad por medio de sucios menesteres, y que su fortuna, revestida por ellos de esplendor, hace sonrojarse a la virtud y rezongar al mérito. Por más epítetos vergonzosos que se le apliquen dondequiera, su miserable honor no encuentra defensa en nadie; llamadle trapacero, infame y facineroso maldito, todo el mundo conviene en ello y nadie os contradice. Sin embargo, su mueca es bien venida en todas partes: en todas partes se desliza, se le acoge, se le festeja; y si hay que conseguir un puesto con intrigas, se le ve ganárselo al hombre más honrado. ¡Ira de Dios, es para mí mortal ofensa el ver que se guardan miramientos con el vicio; y a menudo me sobrevienen súbitos impulsos de huir a un desierto lejos del contacto de los hombres!

FILINTO

¡Dios mío!, no nos aflijamos tanto por las costumbres de la época, y concedamos algún crédito a la naturaleza humana; no la examinemos de acuerdo con un rigor sin límites, y miremos con alguna indulgencia sus defectos. Es necesaria en una sociedad una virtud tratable; podemos ser reprensibles a fuerza de cordura; la perfecta razón huye de los extremos y quiere que seamos discretos por sobriedad. Esa gran rigidez de la virtud de los antiguos tiempos choca demasiado con nuestro siglo y con las costumbres en uso; exige demasiada perfección a los mortales: hay que ceder sin obstinación a la corriente; y es una locura sin igual querer ponerse a corregir el mundo.

Como vos, yo observo cada día cien cosas que podrían ir mejor tomando otro curso; pero podrían presentárseme a cada paso, sin que me viera enfurecerme como vos; yo tomo a los hombres como son, buenamente, acostumbro a mi alma a soportar lo que hacen; y creo que, en la ciudad lo mismo que en la corte, mi flema es tan filosófica como vuestra bilis.

ALCESTE

Pero señor mío, mi buen razonador, ¿esa flema no podrá alterarse con nada? ¿Y si ocurre, por casualidad, que un amigo os traicione, que se intrigue para despojaros de vuestros bienes, que se hagan correr perversos rumores a vuestra costa, veréis todo ello sin encolerizaros?

FILINTO

Sí, yo miro esos defectos contra los que vuestra alma se subleva, como vicios inherentes a la naturaleza humana; y en fin, no se siente más herido mi espíritu al ver a un hombre trapacero, injusto, interesado, que al ver cuervos hambrientos de carnicería, monos dañinos o feroces lobos.

ALCESTE

¿Me vería yo traicionar, hacer pedazos, robar, sin que...? ¡Pardiez!, no quiero hablar, tan lleno de despropósitos está ese razonamiento.

FILINTO

¡A fe mía! Haréis bien en guardar silencio, en escandalizar un poco menos acerca de vuestro contrario y en ocuparos de vuestro proceso.

ALCESTE

No me ocuparé nada, es cosa dicha.

FILINTO

¿Pero quién queréis entonces que abogue por vos?

ALCESTE

¿Que quién quiero? La razón, la equidad, mi justo derecho.

FILINTO

¿No visitaréis a ninguno de los jueces?

ALCESTE

No. ¿Mi causa es injusta o dudosa, acaso?

FILINTO

Estoy de acuerdo; pero la intriga es enojosa y...

ALCESTE

No: he resuelto no dar un solo paso. Tengo razón 'o no la tengo.

FILINTO

No os fieis de ello.

ALCESTE

No he de moverme.

FILINTO

Vuestro contrario es fuerte, y puede con sus influencias arrastrar...

ALCESTE

No importa.

FILINTO

Os equivocaréis.

ALCESTE

Sea. Quiero ver el resultado.

FILINTO

Pero...

ALCESTE

Tendré el placer de perder mi pleito.

FILINTO

Pero, en fin....

ALCESTE

Veré con este pleiteo si los hombres tienen la suficiente desvergüenza, si son suficientemente malos, perversos y mal vados para hacerme una injusticia ante todo el universo.

FILINTO

¡Qué hombre!

ALCESTE

Aunque me costara mucho, querría perder mi causa por la belleza del hecho.

FILINTO

Alceste, se reirían buenamente de vos, si os oyeran hablar de tal modo.

ALCESTE

Peor para el que riera.

FILINTO

¿Pero esa rectitud que exigís en todo, ese pleno derecho en que os encerráis, lo encontráis aquí en lo que amáis? Por mi parte, me asombro de que estando al parecer tan reñidos vos y el género humano, pese a cuanto os lo puede hacer aborrecible hayáis buscado en él lo que os encanta a los ojos; y lo que me sorprende más todavía es la extraña elección a que vuestro corazón se entrega. La sincera Elianta tiene inclinación por vos, la gazmoña Arsinoe os mira con ojos muy tiernos; y sin embargo vuestra alma se niega a sus afanes, mientras que la retiene en sus lazos Celimena, cuya coquetería y maldiciente espíritu parecen acomodarse tan bien a las costumbres del momento. ¿A qué se debe que, teniéndoles un odio mortal, las soportéis en esta bella? ¿No son ya defectos en tan dulce persona? ¿No los veis? ¿0 los excusáis?

ALCESTE

No, mi amor por esa joven viuda, no me cierra los ojos sobre los defectos que le encuentran, y, pese a la gran pasión que me inspira, soy el primero en notarlos así como-en condenarlos. Pero con todo esto, y por mucho que haga, confieso mi debilidad, tiene el arte de seducirme: vano es que vea sus defectos y vano que los reprenda; se hace amar a despecho de todo; triunfa su gracia; y sin duda mi pasión podrá purgar su alma de los vicios de la época.

FILINTO

Si lo conseguís, no habréis hecho poco. Así, pues, ¿creéis que os ama?

ALCESTE

¡Sí, pardiez! Si no lo creyera no la amaría.

FILINTO

Pero si su amor por vos os resulta indiscutible, ¿a qué se debe la pesadumbre que os causan vuestros rivales?

ALCESTE

Es que un corazón muy enamorado quiere tenerlo todo, y no he venido aquí más que con el propósito de decirle cuanto mi pasión me inspire sobre ese tema.

FILINTO

En cuanto a mí, si no tuviera yo más quehacer que enamorarme, la prima

Elianta ganaría todos mis suspiros; su corazón, que os estima, es sólido y sincero, y esta preferencia, más adecuada, os convendría más.

ALCESTE

Es cierto: mi razón me lo dice diariamente; pero no es la razón la que gobierna el amor.

FILINTO

Temo mucho por vuestro amor, y la esperanza en que vivís podría...

ESCENA SEGUNDA

Oronte. Alceste. Filinto

ORONTE (a Alceste)

Me he enterado allá de que Elianta y Celimena han salido para hacer algunas compras; pero como me dijeron que estabais aquí, subí para deciros muy sinceramente que he concebido por vos una estimación indescriptible, y que desde hace tiempo esta estimación me hacía desear ardientemente ser de vuestros amigos. Sí, a mi corazón le place rendir justicia al mérito, y ardo en deseos de que un amistoso lazo nos una: creo que un amigo entusiasta y de mi calidad, no es por cierto para ser rechazado.

(en este pasaje Alceste permanece completamente distraído, parece no oír lo que Oronte dice.)

Es a vos, si no os parece mal, a quien se dirige este discurso.

ALCESTE

¿A mí, señor?

ORONTE

A vos. ¿Consideráis que os ofende?

ALCESTE

No, por cierto; pero la sorpresa es muy grande para mí, y no esperaba el honor que recibo.

ORONTE

La estima en que os tengo no debe sorprenderos, y podéis pretenderla de todo el mundo.

ALCESTE

Señor...

ORONTE

Nada tiene el Estado que no sea inferior al resplandeciente mérito que en vos se manifiesta.

ALCESTE

Señor...

ORONTE

Sí, por mi parte os considero superior a cuanto en él veo de más considerable.

ALCESTE

Señor...

ORONTE

¡Castígueme el cielo si miento! Y para confirmaros mi manera de sentir, permitid, señor, que os abrace de todo corazón y que os pida un sitio en vuestra amistad. Chocadla, por favor. ¿Me prometéis vuestra amistad?

ALCESTE

Señor...

ORONTE

¿Qué? ¿Os negáis a ello?

ALCESTE

Señor, es demasiado honor el que queréis hacerme; pero la amistad exige un poco más de misterio y es ciertamente profanar su nombre, querer ubicarlo en toda ocasión. Tal unión quiere nacer con conocimiento y gusto; antes de ligar nos, preciso es conocernos mejor; podríamos tener temperamentos que nos hicieran arrepentirnos a ambos del negocio.

ORONTE

¡Vive Dios!, eso es hablar como discreto y por ello os estimo más todavía: esperemos, pues, que anude el tiempo tan dulces lazos; pero entretanto me pongo enteramente a vuestras órdenes: si es preciso hacer alguna diligencia en favor vuestro en la corte, sabido es que soy alguien para el Rey; me escucha, y ¡a fe mía!, en todo procede conmigo lo más gentilmente del mundo. En fin, soy vuestro de todos modos; y como vuestra inteligencia tiene grandes luces, para dar comienzo entre nosotros a ese amable lazo, vengo a mostraros un soneto que he hecho hace poco, y a saber si está bien que me arriesgue a publicarlo.

ALCESTE

Señor, no soy competente para dilucidar tal cuestión; os ruego que me dispenséis.

ORONTE

¿Por qué?

ALCESTE

Tengo el defecto de ser algo más sincero de lo necesario.

ORONTE

Es lo que yo pido, y tendría motivo de queja si al con fiarme en vos para que me habléis sin fingimiento, fuerais a traicionarme disfrazando algo.

ALCESTE

Puesto que eso os agrada, señor, estoy dispuesto.

ORONTE

Soneto... Es un soneto. La esperanza... Es una dama que halagó mi pasión con alguna esperanza. La esperanza... No son de esos grandes versos pomposos, sino versillos dulces, lánguidos y tiernos. (En cada interrupción mira a Alceste.)

ALCESTE

Ya veremos.

ORONTE

La esperanza... No sé si el estilo llegará a pareceros bastante claro y fácil, y si estaréis satisfecho de la elección de las palabras.

ALCESTE

Ya veremos, señor.

ORONTE

Por lo demás, sabréis que he tardado en hacerlo más de un cuarto de hora.

ALCESTE

Veamos, señor; el tiempo nada tiene que ver en el asunto.

ORONTE

La esperanza, es cierto, conforta y adormece nuestro pesar; Pero, Filis, eso qué importa si el fruto no se ha de alcanzar.

FILINTO

Estoy ya encantado con ese fragmentillo.

ALCESTE (bajo a Filinto)

¿Qué? ¿Tenéis el descaro de encontrar eso bello?

ORONTE

Vos tuvisteis condescendencia; mas debisteis menos gastar, y no prometerme clemencia para hacerme sólo esperar.

FILINTO

¡Ah, en qué galantes términos están dichas esas cosas!

ALCESTE (bajo, a Filinto)

¡Pardiez! Vil lisonjero, ¿alabáis tonterías?

ORONTE

Si es preciso que eterna espera ponga a prueba mi ardiente anhelo, la muerte me habrá de ayudar. Nada podréis contra mi celo: bella Filis, se desespera, si se debe siempre esperar.

FILINTO

Cae bonitamente; es amoroso, admirable.

ALCESTE (bajo, aparte)

¡Diantre con tu caída! ¡Corruptor del diablo, así te rompieras la nariz en una!

FILINTO

Jamás he oído versos tan bien llevados.

ALCESTE (bajo, aparte)

¡Voto a tal!

ORONTE

Me aduláis, y creéis acaso...

FILINTO

No, no os adulo.

ALCESTE (bajo, aparte)

¿Y qué haces, si no, traidor?

ORONTE (a Alceste)

Pero en cuanto a vos, sabéis cuál es nuestro pacto: hablad me con sinceridad, os lo ruego.

Señor, esta materia siempre es delicada, y a todos nos gusta que se nos halague acerca de nuestro ingenio. Pero un día, a alguien de quien callaré el nombre, le decía yo, viendo versos de su factura, que un hombre discreto debe tener siempre gran dominio sobre las comezones de escribir que nos asaltan; que debe refrenar los grandes impulsos que se tienen de divulgar tales entretenimientos; y que por el entusiasmo de mostrar sus obras, se exponen a quedar en mal papel.

ORONTE

¿Queréis decirme con eso que me equivoco al intentar? ...

ALCESTE

No digo tal cosa; pero yo le decía que un escrito mediocre mata, que basta con esa debilidad para desacreditar a un hombre, y que, aunque se tengan por otra parte bellas cualidades, se mira siempre a las gentes por su lado malo.

ORONTE

¿Es que encontráis algo que desaprobar en mi soneto?

ALCESTE

No digo tal cosa; pero, para que no escribiera, le ponía ante los ojos cómo en nuestro tiempo esta manía ha echado a perder a mucha buena gente.

ORONTE

¿Es que yo escribo mal? ¿Y me les parecería?

ALCESTE

No digo tal cosa; pero en fin, decíale yo: ¿qué necesidad tan apremiante tenéis de rimar? ¿Y quién diantre os obliga a publicar? Si se puede perdonar la salida de un mal libro, es sólo a los desdichados que componen para vivir. Creedme, resistid a vuestras tentaciones, ocultad al público esos trabajos; y, por mucho que se os diga, no vayáis a perder el dictado de hombre de bien de que gozáis en la corte, para adquirir, por obra de un ávido impresor, el de autor miserable y ridículo. Eso era lo que yo trataba de hacerle comprender.

ORONTE

Me parece muy bien y creo interpretaros. ¿Pero podré saber lo que es mi soneto...?

ALCESTE

Francamente, es bueno para el canasto. Os habéis guiado por malos modelos y vuestras expresiones no son naturales.

¿Qué es eso de "Y adormece nuestro pesar"? ¿Y eso de "Si el fruto no se ha de alcanzar"? ¿Qué lo de "Y no pro meterme clemencia, / Para hacerme sólo esperar"? ¿Y qué lo de "Filis, se desespera, / Si se debe siempre esperar"? Ese estilo figurado de que se hace ostentación sale de la verdad y del buen gusto: no es más que juego de palabras, afectación pura, y no es así como habla la naturaleza. Me aterra en esto el mal gusto del siglo. Nuestros padres, tan rudos, lo tenían mucho mejor, y aprecio más que todo lo que hoy se admira, una vieja canción que voy a recitaros:

Si el Rey me hubiera entregado París, su grandiosa villa, y de ella en cambio quitado el cariño de mi amiga, le dijera al Rey Enrique: "Recobrad vuestra gran Villa, que yo prefiero a mi amiga, ¡ay amor!, que yo prefiero a mi amiga".

La rima es pobre y el estilo, viejo: ¿pero no veis que esto vale mucho más que esos ringorrangos, de los que pro testa el buen sentido y que habla aquí la pasión pura y simple?

Si el Rey me hubiera entregado Paris, su grandiosa villa, y de ella en cambio quitado el cariño de mi amiga, le dijera al Rey Enrique: "Recobrad vuestra gran villa, que yo prefiero a mi amiga, ¡ay amor!, que yo prefiero a mi amiga".

He aquí lo que dice un corazón verdaderamente enamorado. (A Filinto, que ríe.) Sí, señor divertido, pese a vuestros literatos, estimo más eso que la florida pompa de todos esos brillantes falsos ante los que os extasiáis.

ORONTE

Y yo os sostengo que mis versos son muy buenos.

ALCESTE

Tenéis vuestras razones para encontrarlos así; pero permitiréis que yo pueda tener otras, que no tienen por qué someterse a las vuestras.

Me basta con ver que otros nacen caso (le ellas.

ALCESTE

Es que tienen el arte de fingir y yo no lo tengo.

ORONTE

¿Creéis, pues, que os ha tocado tanto ingenio en el re parto?

ALCESTE

Si yo alabara vuestros versos, tendría más todavía.

ORONTE

Me pasaré muy bien sin vuestra aprobación.

ALCESTE

Preciso es que os paséis sin ella, si os parece.

ORONTE

Querría, por gusto, que compusierais otros en vuestro estilo, sobre el mismo tema.

ALCESTE

Por desgracia, podría hacer otros igualmente malos; pero me guardaría de mostrarlos a la gente.

ORONTE

Me habláis con mucha autoridad y esa suficiencia...

ALCESTE

Id a buscar otro para que os adule, no a mí.

ALCESTE

Pero, mi pequeño señor, tomadlo algo menos a pecho.

ORONTE

¡A fe mía! Mi gran señor, lo tomo como corresponde.

FILINTO (poniéndose entre ambos)

¡Eh, señores, es demasiado: dejadlo ya, os lo ruego!

ORONTE

Ah, me engañé, lo confieso y abandono el campo. Servidor vuestro, señor, con toda mi alma.

ALCESTE

Y yo, humilde servidor vuestro, señor mío.

ESCENA TERCERA

Filinto, Alceste

FILINTO

¡Y bien!, ya lo veis, por ser demasiado sincero, heos aquí metido en un mal negocio; he visto bien que Oronte, a fin de ser adulado...

ALCESTE

No me habléis.

FILINTO

Pero...

ALCESTE

No más historias.

FILINTO

Es demasiado...

ALCESTE

Dejadme aquí.

FILINTO

Si yo...

ALCESTE

Nada de charla.

FILINTO

¿Pero qué...?

ALCESTE

Nada escucho.

FILINTO

Pero...

ALCESTE

¿Todavía?

FILINTO

Es un ultraje...

ALCESTE

Ah, ¡pardiez!, es demasiado; no sigáis mis pasos.

FILINTO

Vos os burláis de mí; no he de dejaros.

ACTO SEGUNDO

ESCENA PRIMERA

Alceste, Celimena

ALCESTE

Señora. ¿queréis que os hable claro? Estoy muy poco satisfecho de vuestra manera de conduciros; demasiado bilis se acumula en mi corazón a causa de ella, y siento que será menester que ambos nos separemos. Sí, os engañaría hablan do de otro modo; tarde o temprano romperemos, indudable mente; y aunque mil veces os prometiera lo contrario, no estaría en mi mano el cumplirlo.

CELIMENA

A lo que veo, ¿es para reñir, pues, para lo que habéis querido acompañarme a casa?

ALCESTE

Yo no riño; pero señora, vuestro carácter abre vuestra alma con exceso al primer venido: tenéis demasiados pre tendientes que os asedian, y mi corazón no puede acomodarse a ello.

CELIMENA

¿Me culpáis por los enamorados que me siguen? ¿Puedo impedir a las gentes que me encuentren seductora? ¿Y cuan do hacen dulces esfuerzos para verme debo tomar un bastón para echarlos fuera?

ALCESTE

No, señora, no es un bastón lo que hay que tomar, sino un corazón menos fácil y menos rendido a sus deseos. Sé que dondequiera os acompañan vuestros encantos; pero vuestra acogida retiene a aquellos que son atraídos por vuestros ojos; y su dulzura ofrecida a quien os rinde las armas, acaba en los corazones la obra de vuestros hechizos. La esperanza demasiado risueña que les presentáis, adhiere en torno vuestro sus asiduidades. Un poco más de restricción en vuestra complacencia, ahuyentaría a la turba de todos esos adoradores. Pero decidme, al menos, señora, ¿por qué prodigio tiene vuestro Clitandro la dicha de agradaros de tal manera? ¿En qué bases de mérito y de sublime virtud apoyáis en él el honor de vuestra estima? ¿Es con la larga uña que lleva en el meñique con lo que adquirió en vuestro ánimo la estimación que le adorna? ¿Os habéis rendido, como todo el gran mundo, al mérito resplandeciente de su peluca rubia? ¿Son sus grandes volados de encaje los que os lo hacen agradable? ¿Ha sabido hechizaros el conjunto de sus cintas? ¿Es con los encantos de sus amplios gregüescos con los que ha ganado vuestra alma al declararse vuestro esclavo? ¿O su manera de reír y su voz de falsete supieron encontrar el secreto de conmoveros?

CELIMENA

¡Qué injustamente sospecháis de él! ¿No sabéis bien por qué lo considero, y que de acuerdo a su promesa puede interesar en mi pleito a cuantos amigos tiene?

ALCESTE

Señora, tened la entereza de perder vuestro pleito, y no halaguéis a un rival que me ofende.

CELIMENA

Pero vos os ponéis celoso de todo el universo.

ALCESTE

Es que vos acogéis bien a todo el universo.

CELIMENA

Eso debe tranquilizar a vuestra alma exasperada, puesto que a todos se extiende mi condescendencia; tendríais más motivo de ofenderos si me la vierais acumular sobre uno solo.

ALCESTE

Pero yo, a quien criticáis como demasiado celoso, ¿qué tengo yo, señora, por favor, más que todos ellos?

CELIMENA

La dicha de saber que sois amado.

ALCESTE

¿Y en qué se fundará mi inflamado corazón para creerlo?

CELIMENA

Pienso que habiéndome tomado la pena de decíroslo, una confesión de esa especie debiera bastaros.

ALCESTE

¿Pero quién me garantiza que en el mismo momento no le decís lo mismo acaso a los otros?

CELIMENA

Cierto, para un enamorado, la galantería es bonita, y me tratáis con ella de persona honrada. ¡Y bien! Para quitaros semejante preocupación, me desdigo aquí de todo cuanto he dicho y nadie podrá engañaros en adelante fuera de vos mismo: estáis satisfecho.

ALCESTE

¡Pardiez! ¡Por qué tendré que amaros! ¡Ah, si reconquisto mi corazón de entre vuestras manos, bendeciré al Cielo por esa rara dicha! Yo no me rindo, hago cuanto puedo para romper la terrible esclavitud de este corazón; pero hasta ahora nada han conseguido mis mayores esfuerzos, pues es por mis pecados que os amo así.

CELIMENA

Es cierto, vuestra pasión por mí no reconoce igual.

ALCESTE

Sí, en esa materia puedo desafiar al mundo entero. Mi amor no puede concebirse, y nadie amó, jamás, señora, como yo amo.

CELIMENA

En efecto, vuestro método es totalmente nuevo, porque amáis a las gentes para reñirlas; vuestra pasión sólo se manifiesta en palabras enfadosas, y nunca se ha visto amor más malhumorado.

ALCESTE

Pero sólo de vos depende que su enojo se desvanezca. Por favor, evitemos nuestros altercados, hablemos con el corazón en la mano y tratemos de impedir...

ESCENA SEGUNDA

Alceste. Vasco

CELIMENA

¿Qué hay?

VASCO

Acasto está abajo.

CELIMENA

¡Y bien! Hacedlo pasar.

ESCENA TERCERA

Celimena, Alceste

ALCESTE

¿Qué? ¿Jamás se os puede hablar a solas? ¿Siempre estáis dispuesta a recibir gente? ¿Y no podéis una sola vez por milagro resolveros a no estar en casa?

CELIMENA

¿Queréis que me haga una historia con él?

ALCESTE

Tenéis miramientos que no pueden complacerme.

CELIMENA

Es hombre de no perdonármelo jamás, si llega a saber que su presencia ha podido importunarme.

ALCESTE

¿Y qué os importa eso para molestaros de tal suerte?...

CELIMENA

¡Dios mío! La benevolencia de gente como esta es necesaria; es de esos que no se sabe cómo han conseguido el privilegio de hablar alto en la corte. Se les ve introducirse en todas las conversaciones; son incapaces de servir, pero pueden perjudicaros; y jamás por mucho apoyo que se tenga en otras partes, debemos malquistarnos con esos grandes gritones.

ALCESTE

En fin, sea lo que sea, y con cualquier fundamento, vos encontráis razones para soportar a todo el mundo; y las pre cauciones de vuestra prudencia...

ESCENA CUARTA

VASCO

Señora, está también Clitandro.

ALCESTE (haciendo ademan de irse)

Perfectamente.

CELIMENA

¿Dónde vais?

ALCESTE

Me voy.

CELIMENA

Quedaos.

ALCESTE

¿A hacer qué?

CELIMENA

Quedaos.

ALCESTE

No puedo.

CELIMENA

Yo lo quiero así.

ALCESTE

No hay caso. Estas conversaciones no hacen más que abu rrirme, y querer hacérmelas soportar es demasiado.

CELIMENA

Yo lo quiero, yo lo quiero.

ALCESTE

No, me es imposible.

CELIMENA

¡Y bien! Idos, partid, os está bien permitido.

Elianta, Filinto, Acasto, Clitandro, Alceste, Celimena, Vasco

ELIANTA (a Celimena)

Están aquí los dos marqueses y suben con nosotros: ¿han venido a decíroslo?

CELIMENA

Si. (a Vasco) Asientos para todos.

(Vasco ofrece las sillas y sale.)

(a Alceste) ¿No os marchasteis?

ALCESTE

No, porque quiero, señora, haceros explicar vuestra alma, por mí o por ellos.

CELIMENA

Callaos.

ALCESTE

Hoy, os explicaréis.

CELIMENA

Vos perdéis la razón.

ALCESTE

Nada. Os descubriréis.

CELIMENA

¡Ah!

ALCESTE

Tomaréis partido.

CELIMENA

Me imagino que bromeáis.

ALCESTE

No, pero vos escogeréis: ya basta de paciencia.

CLITANDRO

¡Pardiez! Vengo del Louvre, señora, donde Cleonte, en el recibo de la mañana ha hecho el ridículo más completo. ¿No tendrá algún amigo que le preste las luces de un caritativo consejo acerca de sus maneras?

CELIMENA

Cierto es que en sociedad tiene muchos deslices; primera mente adopta dondequiera un talante que salta a los ojos; y cuando vuelve a vérsele después de una corta ausencia, se le encuentra todavía más lleno de extravagancia.

ACASTO

¡Pardiez! Hablando de gente extravagante, acabo de soportar a uno de los más fastidiosos: Damón, el majadero, que muy a pesar, me ha tenido al rayo del sol una hora fuera de mi silla.

CELIMENA

Es un charlatán terrible que encuentra siempre la manera de no deciros nada con sus grandes discursos; no se comprende una jota de sus razonamientos, y todo cuanto se le escucha no es más que mero ruido.

ELIANTA (a Filinto)

El comienzo no está mal; la conversación toma un sesgo bastante animado contra el prójimo.

CLITANDRO

Timanto también es un tipo interesante, señora.

CELIMENA

Es un hombre todo misterio de la cabeza a los pies, que os arroja al pasar una ojeada de extravío y está siempre atareado, sin ninguna tarea. Todo lo que os confía abunda en visajes; mata a la gente a fuerza de ceremonia; tiene siempre para cortar la conversación un secreto que deciros, en voz bajísima, y tal secreto es nada; hace maravilla de la menor bagatela, y todo os lo dice al oído, hasta los buenos días.

ACASTO

¿Y Geraldo, señora?

CELIMENA

Oh, ¡qué charlatán fastidioso! Jamás se le caen los gran des señores de la boca; alterna sin cesar con el gran mundo, y a nadie menciona que no sea duque, príncipe o princesa: la calidad lo marea; y todas sus conversaciones no versan más que sobre caballos, tren de caza y perros; según él tutea a los más copetudos, y la palabra señor no entra en su vocabulario.

CLITANDRO

Se dice que está a partir de un confite con Belisa.

CELIMENA

¡Qué mujer pobre de espíritu y dura de palabra! Cuando viene a verme padezco un martirio: hay que sudar continuamente buscando qué decirle y la esterilidad de su ex-presión hace morir sin remedio cualquier plática. En vano para atacar su estúpido silencio os acogéis a todos los lugares comunes: el buen tiempo y la lluvia, el calor y el frío son reservas que agotáis con ella en seguida. Mientras tanto su visita, ya de por sí insoportable, se eterniza en una duración aterradora y podéis preguntar la hora y bostezar veinte veces, que ella se va a mover tanto como un poste.

ACASTO

¿Qué os parece Adrasto?

CELIMENA

¡Ah, qué orgullo sin límites! Es un hombre hinchado de amor propio. Jamás está satisfecho de la corte su mérito: hace profesión de despotricar contra ella cada día, y no se concede empleo, carga ni beneficio sin ser injusto con todo lo que él se cree.

CLITANDRO

¿Y qué decís del joven Cleón, cuya casa frecuenta ahora nuestra mejor sociedad?

CELIMENA

Que hace méritos con su cocinero y que es su mesa la que se visita.

ELIANTA

Se cuida de servir en ella manjares muy delicados.

CELIMENA

Sí, pero yo querría que no se sirviera él mismo: es muy mal plato su tonta persona, que estropea, para mi gusto, todas las cenas que ofrece.

FILINTO

Se tiene muy en vista a su tío Damis: ¿qué os parece, señora?

CELIMENA

Es uno de mis amigos.

FILINTO

Me parece hombre de bien y bastante culto.

CELIMENA

Sí; pero quiere tener demasiado talento, cosa que me harta, vive en perpetuo énfasis y en todas sus palabras se ad vierte que se esfuerza por decir grandes cosas. Desde que se metió en la cabeza que era ingenioso, nada le satisface, tan difícil es su gusto; quiere ver defectos en cuanto se es cribe, y piensa que no es propio de un literato la alabanza, que ser sabio es encontrar algo que criticar, que admirar y reír es bueno sólo para los tontos, y que al no aprobar ninguna de las obras contemporáneas se pone por encima de los demás; encuentra qué reprender hasta en las conversaciones; son temas demasiado vulgares para dignarse descender a ellos: y con los brazos cruzados mira compasivamente de lo alto de su espíritu cuanto dice cada uno.

ACASTO

Que me condene si no es ese su auténtico retrato.

CLITANDRO

Vos sois admirable para describir a las gentes.

ALCESTE

Vamos, firmes, continuad, mis buenos amigos de la corte; no perdonáis a nadie y a cada uno le toca el turno: sin embargo, ninguno de ellos se presenta ante vosotros que no se os vea apresuradamente ir a su encuentro, tenderle la mano y con un mimoso beso apoyar los juramentos de ser su servidor.

CLITANDRO

¿Por qué tomarla con nosotros? Si lo que se dice os hiere, el reproche debe dirigirse a la señora.

ALCESTE

No, ¡pardiez!, a vosotros; porque vuestras complacientes risas arrancan a su espíritu esos maldicientes tiros. Su humor satírico se ve alimentado sin cesar por el culpable incienso de vuestra adulación; y su corazón se sentiría menos tentado de burlarse, si hubiera observado que no se le aplaudía. Es por eso que debe acusarse siempre a los aduladores por los vicios que vemos extenderse entre los seres humanos.

FILINTO

¿Pero por qué un interés tan grande por esas gentes, vos, Que condenaríais lo que se critica en ellos?

CELIMENA

¿Y acaso no es indispensable que el señor contradiga? ¿Queréis que se reduzca a la voz común, y que no haga os tentarse donde quiera el espíritu de contradicción que recibió del cielo? Lo que otro piense no puede agradarle jamás; toma siempre partido por la opinión contraria, y creería que dar como un hombre de poco más o menos si se le viera estar de acuerdo con alguien. El honor de contradecir tiene para él tanto encanto, que bastante a menudo toma las armas contra sí mismo; y sus propias ideas son atacadas por él tan pronto como las ve en boca de otro.

ALCESTE

El público está por vos, señora, no hay que decir, y podéis continuar enderezándome vuestra sátira.

FILINTO

Pero es cierto también que vuestro espíritu se levanta siempre contra todo lo que se dice, y por una particularidad que él mismo confiesa, no podría soportar que se alabe ni que se critique.

ALCESTE

¡Pardiez! Es que jamás tienen razón los hombres, es que el enfado contra ellos está siempre a tiempo, y que veo en todos los asuntos que son o loadores impertinentes o censores temerarios.

CELIMENA

Pero...

ALCESTE

No, señora, no; aunque me muera, tenéis placeres que no puedo soportar; y se equivocan aquí alimentando en vuestra alma tan gran inclinación por los defectos que en ella se critican.

CLITANDRO

Por mi parte, no sé, pero declaro bien alto que hasta aquí he creído sin defectos a la señora.

ACASTO

Yo veo que está provista de gracias y atractivos; pero los defectos que tenga no me hieren los ojos.

ALCESTE

Todos ellos hieren los míos; y lejos de ocultarlo, ella sabe bien que me tomo el trabajo de reprochárselos. Mientras más se ama a alguien menos hay que adularlo; el verdadero amor se manifiesta en que nada perdona; y por mi parte ex pulsaría a todos esos cobardes enamorados que viera sumisos a todos mi pareceres, y cuyas blandas complacencias incensaran con cualquier motivo mis extravagancias.

CELIMENA

En fin, si los corazones se han de modelar por el vuestro, para amar bien debemos renunciar a los cumplidos, y cifrar el honor supremo del perfecto amor en injuriar de firme a las personas amadas.

ELIANTA

De ordinario el amor está poco sujeto a tales leyes, y vemos a los amantes alabar siempre a su elegida; jamás ve su pasión nada de criticable en ella, y todo se vuelve digno de amor en el objeto amado: consideran perfecciones los defectos y saben darles favorables nombres. La pálida es comparable a los jazmines en blancura; la negra a dar miedo a una adorable morena; la flaca tiene talle y ligereza; la gorda está llena de majestad en su porte; la inelegante dueña de pocos atractivos, se clasifica bajo el nombre de belleza descuidada; la gigante parece una diosa a la vista; la enana, un resumen de las maravillas del cielo; la orgullosa tiene el alma digna de una corona; la trapacera tiene ingenio; buenísima es la tonta; la charlatana es de humor agradable y la muda muestra un pudor honesto. Es así como un amante cuya pasión es extrema, ama hasta los defectos de la persona amada.

ALCESTE

Yo, por mi parte, sostengo...

CELIMENA

Quede la discusión aquí y vamos a dar dos pasos en la galería. ¿Qué? ¿Os marcháis, señores?

CLITANDRO y ACASTO

No tal, señora.

ALCESTE

Mucho os ocupa el ánimo el temor de su partida. Mar chaos cuándo queráis, señores; pero advierto que yo no par tiré antes de que vosotros hayáis partido.

ACASTO

A menos de ver molesta a la señora, nada me reclama fuera en todo el día.

CLITANDRO

Yo siempre que pueda estar cuando el Rey se recoja, no tengo ningún otro asunto que me preocupe.

CELIMENA (a Alceste)

Creo que estáis de broma.

ALCESTE

No, de ningún modo; veremos si deseáis que sea yo el que salga.

ESCENA SEXTA

Vasco, Alceste, Celimena, Elianta, Acasto, Filinto, Clitandro

VASCO

Señor, ahí está un hombre que querría hablaros, por un asunto que, según dice, no puede esperar.

ALCESTE

Dile que no tengo asuntos tan urgentes.

VASCO

Lleva una casaca con grandes faldones plegados, y con oro encima.

CELIMENA (a Alceste)

Id a ver qué es o bien hacedle entrar.

ALCESTE (yendo al encuentro del Guardia)

¿Qué se os ofrece, pues? Venid, señor.

ESCENA SÉPTIMA

Alceste, Celimena, Elianta, Acasto, Filinto, Clitandro, un Guardia del Mariscalato

EL GUARDIA (bajo, a Alceste)

Señor, tengo que deciros dos palabras.

ALCESTE

Podéis hablar alto, señor, para informarme de ellas.

EL GUARDIA

Los Señores Mariscales, cuya autoridad represento, os ordenan, señor, presentaros ante ellos sin demora.

ALCESTE

¿A quién? ¿A mí, señor?

EL GUARDIA

A vos mismo.

ALCESTE

¿Y para hacer qué?

FILINTO (a Alceste)

Es vuestro ridículo asunto con Oronte.

CELIMENA (a Filinto)

¿Cómo?

FILINTO

Oronte y él se han desafiado hace un momento a causa de ciertos versillos que él no aprobaba; y quieren apaciguar la cosa en sus comienzos.

ALCESTE

Jamás he de tener yo cobardes complacencias.

FILINTO

Pero hay que obedecer la orden: vamos, disponeos...

ALCESTE

¿Qué arreglo se quiere hacer entre nosotros? ¿El voto de esos señores me condenará a encontrar buenos los versos que causan nuestra querella? Yo no me desdigo de lo que dije, los encuentro malos.

FILINTO

Pero con más gentileza de ánimo...

ALCESTE

No he de soltar presa: los versos son execrables.

FILINTO

Debéis demostrar sentimientos dúctiles. Vamos, venid.

ALCESTE

Iré, pero nada será capaz de hacer que me desdiga.

FILINTO

Vamos a enseñaros.

ALCESTE

A menos que reciba del Rey una orden expresa de encontrar buenos los versos en cuestión, sostendré siempre que son malos, ¡pardiez! y que un hombre merece la horca después de haberlos hecho. (A Clitandro y Acasto que ríen.) ¡Voto a bríos! Señores, no creía ser tan gracioso.

CELIMENA

Id pronto a presentaros donde debéis.

ALCESTE

Allá voy, señora, y volveré aquí al instante a terminar nuestras discusiones.

****

ACTO TERCERO

ESCENA PRIMERA

Clitandro, Acasto

CLITANDRO

Caro Marqués, te veo muy satisfecho de ánimo: nada te inquieta y todo te divierte; sinceramente, y sin tratar de cegarte, ¿crees tener grandes motivos para estar contento?

ACASTO

¡Pardiez! Al examinarme, no veo dónde encontrar motivo para tener pesarosa el alma. Tengo fortuna, soy joven, pertenezco a una familia que se dice noble con algún fundamento; y por el rango que me da mi linaje, creo que hay pocos cargos a los que no pueda aspirar. En cuanto al valor, al que debemos considerar ante todo, sin vanidad, se sabe que no me falta, y me han visto en sociedad hacer frente a un asunto de manera bastante gallarda y vigorosa. En cuanto a ingenio, lo poseo, sin duda, y buen gusto para juzgar sin estudio y platicar sobre todo, para hacer en los estrenos, de los que soy idólatra, figura de entendido en las butacas del teatro, disponer allí como jefe y hacer ruido en todos los bellos pasajes que lo merecen. Soy bastante diestro, tengo buena apariencia, buena cara, hermosos dientes sobre todo, y el talle muy fino. En cuanto a estar bien colocado, creo sin jactancia que sería ridículo venir a discutírmelo. Me veo estimado tanto como es posible serlo, muy amado del bello sexo, y bien con el Rey. Creo, mi querido Marqués, creo que con esto se puede estar contento de sí mismo en cualquier parte.

CLITANDRO

Sí; pero encontrando en otra parte fáciles conquistas, ¿por qué exhalar aquí suspiros inútiles?

ACASTO

¿Yo? ¡Pardiez! Yo no tengo ni talle ni humor para poder soportar la frialdad de una bella. Queda para las gentes mal hechas, de méritos vulgares, eso de arder constante mente por beldades severas, languidecer a sus pies sufriendo sus rigores, buscar socorro en los suspiros y en las lágrimas, y por medio de una corte muy prolongada tratar de obtener lo que se niega a su poco mérito. Pero las gentes como yo, Marqués, no están hechas para amar a crédito, y hacer todo el gasto. Por súbito que sea el mérito de las damas, pienso que, ¡a Dios gracias!, valemos tanto como ellas, que no es razonable que no les cueste nada el honrarse con un corazón como el mío, y que al menos, para que todo sea equitativo, se deben hacer adelantos a los gas tos comunes.

CLITANDRO

Así, pues, Marqués, ¿piensas estar muy bien aquí?

ACASTO

Tengo alguna razón, Marqués, para pensarlo así.

CLITANDRO

Créeme, sal de ese acabado error; tú te jactas, caro mío, y a ti mismo te ciegas.

ACASTO

Es verdad, me jacto y me ciego, en efecto.

CLITANDRO

¿Pero qué te hace juzgar tan perfecta tu dicha?

ACASTO

Me jacto.

CLITANDRO

¿Sobre en qué fundar tus conjeturas?

ACASTO

Me ciego.

CLITANDRO

¿Tienes pruebas seguras de ello?

ACASTO

Me engaño, te digo.

CLITANDRO

¿Acaso te ha hecho Celimena alguna secreta confesión de su amor?

ACASTO

No, me veo maltratado.

CLITANDRO

Respóndeme, te lo ruego.

ACASTO

Sólo alcanzo repulsas.

CLITANDRO

Dejemos las bromas y dime qué esperanzas pueden haberte dado.

ACASTO

Tú eres el afortunado y yo el miserable: tienen una gran aversión por mi persona y será preciso que me ahorque alguno de estos días.

CLITANDRO

Y bien, ¿quieres, Marqués, que para conciliar nuestros de seos, nos pongamos de acuerdo ambos en una cosa? ¿Que si uno puede mostrar una señal segura de tener la mejor parte en el corazón de Celimena, el otro dejará el campo al presunto vencedor y lo libertará de un rival asiduo?

ACASTO

¡Ah, pardiez! Me gusta ese lenguaje y me comprometo con toda el alma a ello. Pero ¡chist!

ESCENA SEGUNDA

Celimena, Acasto, Clitandro

CELIMENA

¿Aquí todavía?

CLITANDRO

El amor retiene nuestros pasos.

CELIMENA

Acabo de oír entrar abajo una carroza, ¿sabéis quién es?

CLITANDRO

No.

ESCENA TERCERA

Vasco, Celimena, Acasto, Clitandro

VASCO

Señora, Arsinoe sube aquí para veros.

¿Qué quiere conmigo esa mujer?

VASCO

Elianta está abajo atendiéndola.

CELIMENA

¿Qué se trae entre manos?, ¿a qué viene?

ACASTO

En todas partes pasa por gazmoña consumada y el ardor de su devoción...

CELIMENA

Sí, sí, hipocresía pura: en el fondo es mundana, y todas sus diligencias tienden a conquistar a alguno sin demostrarlo. No puede ver sino con ojos de envidia los pretendientes declarados que siguen a otra; y su triste mérito abandonado de todos, está siempre iracundo contra el ciego siglo. Trata de cubrir con un falso velo de mojigatería la espantosa soledad que se advierte en su casa; y para salvar el honor de sus débiles atractivos, considera criminal el poder de que carecen. Sin embargo, un enamorado le agra daría mucho a la dama, y hasta tiene el corazón tierno para Alceste. Los homenajes que me rinde ultrajan sus encantos, ella pretende que le haga un robo; y su celoso despecho que oculta a duras penas, se desencadena contra mí bajo cuerda en todas partes. En fin, para mi gusto no he visto nada más tonto, es impertinente en máximo grado, y...

ESCENA CUARTA

Arsinoe. Celimena. Acasto. Clitandro

CELIMENA

¡Ah! ¿Qué feliz casualidad os trae por aquí? Sinceramente, señora, os extrañaba.

ARSINOE

Vengo por cierta noticia que he creído de mi deber comunicaros.

CELIMENA

¡Ah, Dios mío ¡Qué contenta estoy de veros! (Clitandro y Acasto salen riendo)

ESCENA QUINTA

Arsinoe, Celimena

ARSINOE

Su partida no podía venir más a propósito.

CELIMENA

¿Queréis que nos sentemos?

ARSINOE

No es necesario, señora. La amistad debe manifestarse sobre todo en las cosas que más pueden importarnos; y como no las hay de mayor importancia que las del honor y la decencia vengo a testimoniaros por medio de un aviso que atañe a vuestra honra, la amistad que por vos siente mi corazón. Estaba ayer en casa de gentes de singular virtud, cuando recayó sobre vos el tema de la plática; y vuestra conducta tan llena de brillo tuvo entonces, señora, la mala suerte de no ser alabada. Esta turba de gentes cuya visita soportáis, vuestra galantería y los rumores que provoca, encontraron más censores de lo necesario y mucho más rigurosos de lo que yo hubiera querido. Ya pensáis cuál fue mi actitud: hice cuanto pude por defenderos, os excusé con vuestra buena intención y quise dar caución por vuestra alma. Pero vos sabéis que hay cosas en la vida que no se pueden excusar por mucho que se desee hacerlo; y me vi obligada a convenir en que la manera como vivís os perjudica un poco, que adquiere mal aspecto ante la sociedad, que no hay cuento impertinente que no se borde sobre ella, y que si vos quisiérais, todo vuestro comportamiento podría dar menos pie a los malos juicios. No es que yo crea, en el fondo de todo esto, la honestidad herida: ¡presérveme el Cielo de tal pensamiento!, pero se presta fácil fe a las apariencias del crimen, y no basta ser honesta para sí misma. Señora, os creo un espíritu demasiado razonable para tomar a mal este provechoso aviso, y para atribuirlo a otra cosa que a los secretos impulsos de un celo que me liga a todos vuestros intereses.

CELIMENA

Señora, mucho tengo que agradeceros: un aviso semejan te me obliga y lejos de tomarlo a mal, pretendo retribuir al instante el favor con un aviso que atañe también a vuestra honra, y como veo que demostráis ser mi amiga enterándome de lo que de mí se murmura, quiero seguir a mi tur no ejemplo tan dulce, advirtiéndoos lo que de vos se dice. Estando de visita el otro día en cierto lugar, encontré algunas personas de rarísimo mérito, que hablando de las ver daderas ocupaciones de un alma bien nacida, hicieron re caer sobre vos, señora, la plática. Allí vuestra gazmoñería y vuestras ostentaciones piadosas no fueron citadas como muy buen modelo: esa afectación de un exterior grave, vuestros eternos discursos sobre honor y prudencia, vuestros gestos y gritos ante la menor sobra de indecencia en que puede hacer caer a la inocencia una palabra ambigua, esa alta estima en que os tenéis y las piadosas miradas que arrojáis sobre todos, vuestras frecuentes lecciones y vuestras agrias críticas sobre cosas que son inocentes y puras, todo esto, señora, si puedo hablaros con franqueza, fue unánimemente censurado. ¿A qué viene, decían, ese aire modesto, y esa juiciosa apariencia que todo lo demás desmiente? Para rezar es puntual en extremo, pero pega a sus sirvientes y no les paga. Ostenta un gran fervor en todos los lugares devotos, pero se pone afeites y quiere parecer bella. Hace cubrir las desnudeces de los cuadros, pero tiene amor por las realidades. Por mi parte, tomé vuestra defensa contra todos, asegurándoles mucho que se trataba de maledicencia; pero todas las opiniones combatieron la mía y su conclusión fue que haríais bien en cuidaros menos de los actos de los de más y poner algo más de atención a los vuestros; que hay que mirarse mucho a sí mismo antes de pensar en condenar a los otros; que hay que tener la autoridad de una vida ejemplar para ponerse a corregir a la gente, y que aun así, vale más remitirse, en el caso, a aquellos a quienes el Cielo encomendó esa misión. Señora, os creo también demasiado razonable para tomar a mal este provechoso aviso, y para atribuirlo a otra cosa que a los secretos impulsos de un celo que me liga a todos vuestros intereses.

ARSINOE

Por mucho que nos expongamos al aconsejar, no me esperaba yo, señora, esta respuesta, y bien veo, por lo que tiene de agria, que mi sincero aviso os ha herido profundamente.

CELIMENA

Al contrario, señora; y si fuéramos discretos se pondrían en uso estos mutuos avisos: procediendo de buena fe se destruiría con ellos ese gran enceguecimiento en que todos estamos sobre nosotros mismos. Sólo de vos dependerá que continuemos con el mismo celo este fiel oficio, y que ten gamos gran cuidado de decirnos, entre nosotras, lo que vos de mí y yo de vos oigamos.

ARSINOE

Ah, señora, nada más puedo yo oír acerca de vos; es en mí donde pueden encontrar mucho que reprender.

CELIMENA

Señora, yo creo que todo se puede alabar o reprender y que todos tienen razón según la edad o la afición. Hay una edad para la galantería y hay también una propia para ser mojigata. Se puede, por política, tomar este partido cuando se amortigua el resplandor de nuestra juventud: ello sirve para cubrir fastidiosos contratiempos. Yo no digo que no siga un día vuestras huellas: la edad lo traerá todo, pero como sabemos, señora, no es el momento de ser gazmoña a los veinte años.

ARSINOE

Ciertamente, os engreís por una ventaja bien pobre, y ponderáis vuestra edad de un modo terrible. Lo que de ella pueda uno tener más que vos no es tanto como para envanecerse así; y no sé por qué vuestra alma se encarniza, señora, en acosarme de tan extraña manera.

CELIMENA

Y yo, señora, tampoco sé por qué se os ve desencadenaros contra mí en todas partes. ¿Hay que caer sobre mí sin cesar por todos vuestros disgustos? ¿Soy yo responsable de los homenajes que no se os rinden? Si mi persona inspira amor a las gentes, y si continúan ofreciéndome todos los días sus piros, que vuestro corazón puede desear que me falten, no sé qué hacer por ello y no es mía la culpa: tenéis libre el campo y yo no impido que tengáis encantos para atraerlos.

ARSINOE

¡Ay! ¿Y creéis que alguien se apena por esos numerosos enamorados de que os envanecéis, y que no sea muy fácil comprender a qué precio se los atrae hoy día? ¿Pensáis hacer creer viendo cómo va todo que sólo vuestro mérito atrae a esa muchedumbre? ¿Que no arden por vos sino con amor honesto y que os hacen-todos la corte por vuestras virtudes? Nadie se ciega con vanas escapatorias, el mundo no se engaña y conozco algunas hechas para inspirar tiernos sentimientos, y que sin embargo no retienen a los pre-tendientes; de lo cual podemos sacar como consecuencia que no se adquieren sus corazones sin grandes adelantos, que nadie suspira por nuestros lindos ojos, y que hay que comprar los homenajes que se nos rinden. No os hinchéis, pues, con tanta vanagloria por el pequeño mérito de un débil triunfo; y contened un poco ese orgullo de vuestros encantos que os hace tratar de alto abajo a las gentes. Si nuestros ojos envidiaran las conquistas de los vuestros, pienso que podríamos hacerlas como cualquiera, no medirnos ya y haceros ver claramente que se tienen enamorados cuan do se los quiere tener.

CELIMENA

Tenedlos, pues, señora, y veamos el caso: esforzaos en agradar por medio de tan raro secreto; y sin...

ARSINOE

Acabemos, señora, con semejante plática: llevaría muy lejos a nuestros dos espíritus; y ya me hubiera retirado como corresponde, si no me obligara a esperar aún mi carroza.

CELIMENA

Podéis quedaros cuanto os plazca, señora, y esperar sin ninguna prisa; pero sin fatigaros con mis cumplimientos, me voy para daros mejor compañía; pues el señor, que viene casualmente muy a propósito, conseguirá distraeros mejor que yo.

<h3 style="text-align:center">ESCENA SEXTA</h3>

Alceste, Celimena, Arsinoe

CELIMENA

Alceste, tengo que escribir una carta de dos líneas que no podría diferir sin perjuicio; quedaos con la señora: ella tendrá la bondad de excusar buenamente mi descortesía.

Alceste, Arsinoe

ARSINOE

Ya veis, quiere que os entretenga mientras espero un momento que llegue mi carroza; y jamás pudo ofrecerme toda su amabilidad nada que me resultara más encantador que semejante plática. En verdad las gentes de un mérito sublime conquistan el amor y la estimación de todos; y el vuestro tiene sin duda secretos hechizos que interesan mi corazón en cuanto os interesa. Quisiera que, con favorable mi rada, hiciera la corte mayor justicia a cuanto valéis: tenéis de qué quejaros y me encolerizo cuando veo que nunca se hace nada por vos.

ALCESTE

¿Yo, señora? ¿Y qué podría pretender yo? ¿Qué servicio me han visto prestar al Estado? ¿Qué he hecho, por favor, de tan brillante en sí, para quejarme de que no se haga nada por mí en la corte?

ARSINOE

No todos aquellos a quienes la corte mira con buenos ojos han prestado servicios tan principales. Necesarios son la ocasión y el poder; y en fin, el mérito que nos demostráis, debería...

ALCESTE

¡Dios mío! Dejemos, por favor, mi mérito; ¿de qué queréis que se ocupe la corte? Tendría mucho que hacer y gran des serían sus tareas si se propusiera desenterrar el mérito de las gentes.

ARSINOE

Un mérito notable se desentierra sólo: el vuestro se tiene muy en cuenta en muchas partes; y sabréis por mí que en dos grandes mansiones, fuisteis elogiado ayer por gente de mucho peso.

ALCESTE

¡Ah, señora! Hoy se elogia a todo el mundo, y en este as pecto el siglo no deja de mano a nadie: todos están igual mente dotados de gran mérito, y ya no es un honor el verse alabado; rebosamos de elogios, nos los tiramos a la cara, y hasta mi lacayo ha salido en la "Gaceta".

ARSINOE

Por mi parte, bien querría que para revelaros mejor, un cargo en la corte os pusiera en evidencia. Por poco que aparentarais pretenderlo, se podrían tocar

influencias para serviros, y yo estoy bien con mucha gente a quienes interesa
ría por vos, y que os harían para todo muy fácil camino.

ALCESTE

¿Y qué queréis que hiciera yo allí, señora? El carácter que tengo hace que
me destierre de ella. Al darme la luz, el Cielo no me dotó de un alma
compatible con el ambiente de la corte; no me encuentro las virtudes
necesarias para tener éxito y desempeñarme allí. Ser franco y sincero es mi
mayor talento; yo no sé halagar a los hombres al hablar, y quien no tenga el
don de ocultar su pensamiento debe detenerse poco en ese país. Sin duda,
fuera de la corte no se alcanzan ese apoyo y esos honrosos títulos que ella
otorga hoy en día; pero tampoco se tiene, aunque se pierdan esas ventajas, el
disgusto de desempeñar muy tontos pape les; no hay que sufrir mil crueles
repulsas, no hay que elogiar los versos del señor Fulano, ni que incensar a la
seño ra Mengana, ni que soportar el ingenio de nuestros marqueses.

ARSINOE

Dejemos, ya que así os place, la cuestión de la corte; pero ¡ni corazón debe
compadeceros por vuestro amor; y si he de confiaros lo que pienso al respecto,
mucho desearía que estuviera vuestra pasión mejor colocada. Merecéis, sin
duda, más benigna suerte, y es indigna de vos la que os encanta.

ALCESTE

Pero al decir eso, ¿pensáis, por favor, señora, que esa persona es vuestra
amiga?

ARSINOE

Sí; pero mi conciencia está herida hasta el punto de no sufrir más tiempo la
sinrazón que os hacen; el estado en que os veo me aflige demasiado el alma, y
os aviso que traicionan vuestro amor.

ALCESTE

Me demostráis, señora, una tierna solicitud; ¡tales avisos obligan a un
enamorado!

ARSINOE

Sí, bien que sea mi amiga, es y la declaro indigna de esclavizar el corazón
de un caballero; y el suyo sólo tiene para vos fingidas dulzuras.

ALCESTE

Es posible, señora: no se pueden ver los corazones; pero vuestra caridad
hubiera podido dispensarse de sugerir al mío tal pensamiento.

ARSINOE

Si no queréis que os abran los ojos, no hay que deciros nada, es bastante fácil.

ALCESTE

No; pero por mucho que se nos diga sobre ese tema, las dudas son más molestas que otra cosa, y por mi parte, querría que no me hicieran saber más que lo que se me pueda mostrar claramente.

ARSINOE

¡Y bien! Está dicho; vais a recibir plena luz sobre esta materia. Sí, quiero que vuestros ojos os den fe de todo: dad me solamente la mano hasta mi casa; allí os haré ver una prueba acabada de la infidelidad del corazón de vuestra bella; y si el vuestro puede arder por otros ojos, podremos ofreceros algo para que os consoléis.

****

ACTO CUARTO

ESCENA PRIMERA

Elianta, Filinto

FILINTO

No, no se ha visto alma más dura de boca, ni arreglo más difícil de concluir: en vano se le quiso dar vuelta por todos lados, no pudieron arrancarlo de su idea; y jamás disputa más extraña ha ocupado, según pienso, la prudencia de esos señores. "No, señores, decía él, no me desdigo, y estaré de acuerdo con todo fuera de ese punto. ¿De qué se ofende? ¿Y qué quiere decirme? ¿Sufre su reputación porque no es criba bien? ¿Qué le importa mi consejo, que recibió de mal modo? Se puede ser hombre principal y hacer malos versos: no es al honor que atañen estos asuntos; lo tengo por un caballero en todos sentidos, hombre de corazón, de calidad y de mérito, todo lo que os plazca, pero muy mal autor. Alabaré si se quiere su lujo y su despensa, su destreza para el caballo, las armas y la danza; pero que no se me busque para alabar sus versos; y cuando no tiene uno la dicha de hacerlos mejores, no debe tener el antojo de rimar, como no sea condenado a ello bajo pena de la vida." En fin, toda la gracia y la condescendencia a que se ha plegado con esfuerzo su pensamiento, es a decir, creyendo endulzar mucho su estilo: "Señor, lamento ser tan difícil y por consideración hacia vos, querría de buena gana haber encontrado mejor vuestro soneto, hace un momento." Y como conclusión, se les ha hecho cerrar rápidamente el procedimiento con un abrazo.

ELIANTA

En sus maneras de proceder es muy singular; pero hago mucho caso de él, lo confieso, y la sinceridad de que su alma se jacta, tiene alguna cosa, en sí, de heroico y de noble. Es una virtud rara en este siglo, y yo quisiera verla en todos como en él.

FILINTO

Por mi parte, mientras más lo veo, más me maravillo sobre todo de esta pasión a la que se abandona su alma: dado el humor con que el Cielo ha querido dotarlo, no sé cómo se las compone para amar; y menos aún cómo puede ser vuestra prima la persona a la que su inclinación lo lleva.

ELIANTA

Eso demuestra bien que el amor no siempre es producido en los corazones por una conformidad de temperamentos; y todas esas razones de dulces simpatías se encuentran des mentidas por este ejemplo.

FILINTO

¿Pero creéis que lo ama, según las cosas que vemos?

ELIANTA

Ese es un punto muy difícil de averiguar. ¿Cómo poder juzgar si es cierto que ella lo ama? Su mismo corazón no está muy seguro de lo que siente; en ocasiones ama sin saberlo bien, y también cree amar a veces cuando no hay nada de ello.

FILINTO

Creo que nuestro amigo encontrará, junto a vuestra prima, más pesares de lo que sospecha; y a decir verdad, si él tuviera mi corazón volvería sus deseos muy hacia otra parte, y por una elección más justa se le vería, señora, aprovechar de las bondades que vuestra alma le demuestra.

ELIANTA

Por mi parte, no hago melindres, y creo que se debe pro ceder de buena fe en estas cuestiones: no me opongo a su gran ternura; al contrario, mi corazón se interesa por ella; y si la cosa pudiera depender de mí, se me vería a mí misma unirlo a la que ama. Pero como todo puede ocurrir, si en tal elección sufriera su amor algún destino adverso, si ocurriera que coronaran la pasión de otro, podría resolver me a aceptar sus homenajes; y el rechazo sufrido en tal ocasión no me produciría repugnancia alguna.

FILINTO

Y yo por mi parte, señora, no me opongo a esas bondades que para él tienen vuestros encantos; y él mismo, si quiere, puede informaros bien de lo que me he cuidado de decirle respecto. Pero si por una boda que los uniera a ambos, no tuvierais ya ocasión de recibir sus homenajes, los os tentarían el brillante favor que con tanta bondad préstale vuestra alma: feliz si pudiera recaer sobre mí, en so de que su corazón se sustrajera a él, señora.

IANTA

Bromeáis, Filinto.

UNTO

No, señora, sino que os hablo aquí con toda mi alma. Espero la ocasión de declararme abiertamente, y ansío que apresure en llegar ese momento.

ESCENA SEGUNDA

Alceste, Elianta, Filinto

ALCESTE (bajo)

¡Ah, dadme razón, señora, de una ofensa que acaba de triunfar de toda mi constancia.

ELIANTA

¿Qué pasa, pues? ¿Qué tenéis para conmoveros así?

ALCESTE

Tengo lo que no puedo imaginar sin morir; y el desencadenamiento de la naturaleza toda no me abrumaría como esta aventura. Esto es hecho... Mi amor... No puedo hablar...

ELIANTA

Tratad de que vuestro espíritu se reponga un poco.

ALCESTE

¡Oh, justo cielo! ¿Debían unirse a tantos hechizos los vicios odiosos de las almas más bajas?

ELIANTA

Pero, una vez más, ¿qué ha podido...?

ALCESTE

¡Ah!, todo está perdido; he sido, he sido traicionado, he sido asesinado: Celimena... ¿Quién hubiera podido creerlo? Celimena me engaña y no es más que una infiel.

ELIANTA

¿Tenéis una base seria para creerlo?

FILINTO

Acaso es una sospecha ligeramente concebida, pues vues tro celoso espíritu toma quimeras...

ALCESTE

Ah, ¡pardiez!, metéos, señor, en lo que os importe. (A Elianta.) Es estar demasiado cierto de su traición el tenerla en mi bolsillo, escrita de su mano. Sí, señora, una carta escrita a Oronte, ha descubierto a mis ojos mi desgracia y su vergüenza: Oronte, de quien creí que huía ella las atenciones, y el que menos temía de todos mis rivales.

FILINTO

Una carta puede engañar con la apariencia, y no es muchas veces tan culpable como se cree.

ALCESTE

Señor, una vez más, por favor, dejadme, y no os ocupéis sino de vuestros asuntos.

ELIANTA

Vos debéis moderar vuestros arrebatos y el ultraje...

ALCESTE

Señora, es a vos a quien esto corresponde; es a vos a quien mi corazón recurre hoy para poder libertarse de su acerbo pesar. Vengadme de esa ingrata y pérfida prima que traicionó cobardemente pasión tan constante; vengadme de ese hecho que debe produciros horror.

ELIANTA

¿Yo, vengaros? ¿Cómo?

ALCESTE

Recibiendo mi corazón. Aceptadlo, señora, en lugar de la infiel: es así como puedo tomar venganza de ella; y quiero castigarla con los afanes sinceros, con el profundo amor, con las respetuosas atenciones, diligentes deberes y asiduo servicio, de que este corazón va a haceros el sacrificio ardiente.

ELIANTA

Compadezco sin duda lo que sufrís y no desprecio el corazón que me ofrecéis; pero acaso el mal no sea tan grande como se piensa y vos podáis abandonar ese deseo de venganza. Cuando la injuria parte de un objeto lleno de encantos concíbense muchos proyectos que no se ejecutan: y por mucho que se tengan poderosas razones para romper, una culpable amada bien pronto es inocente; fácilmente se disipa el mal que se le desea y sabemos lo que es el enojo de un amante.

ALCESTE

No, no, señora, no: por demás profunda es la herida, no hay retroceso, rompo con ella; nada podría cambiar mi designio, y me castigaría si jamás volviera a estimarla. Hela aquí. Mi cólera redobla ante su vista; voy a hacerle vivos reproches por su perversidad, a confundirla plenamente y a traeros luego un corazón totalmente libre de sus engañadores hechizos.

ESCENA TERCERA

Celimena, Alceste

ALCESTE (aparte)

¡Cielos! ¿Puedo dominar aquí mis arrebatos?

CELIMENA (aparte)

¡Hola! (A Alceste.) ¿A qué se debe el desorden en que os hallo? ¿Y qué significan los suspiros que exhaláis y esas sombrías miradas que lanzáis sobre mí?

ALCESTE

Que todos los horrores de que es capaz un alma no tienen comparación con vuestras deslealtades; que la suerte, los demonios y el encolerizado cielo no han producido jamás nada tan malo como vos.

CELIMENA

He aquí, por cierto, galanterías que me encantan.

ALCESTE

Ah, no hagáis bromas, no es ya hora de reír: enrojeced más bien, que para ello tenéis motivos; y yo tengo testimonios ciertos de vuestra traición. He aquí lo que presagiaban las inquietudes de mi alma; no era en vano que se alarmaba mi pasión; por esas frecuentes sospechas que encontrabais odiosas, buscaba yo la desdicha que ha herido mis ojos; y pese a todas vuestras gentilezas y a vuestra destreza para fingir, mi estrella me anunciaba lo que debía temer. Pero no presumáis que he de sufrir sin vengarme el despecho de verme ultrajado. Sé que nada podemos sobre el amor, que la pasión quiere ser independiente dondequiera, que jamás se entra a la fuerza en un corazón, y que toda alma es libre de elegir el que ha de dominarla. Así, no encontraría yo motivo alguno de queja, si vuestra boca me hubiera hablado sin fingimiento; y rechazando mi amor desde el primer instante, mi corazón no hubiera podido acusar sino al destino. Pero ver alentada mi pasión con engañosas confesiones es una traición, una perfidia para la que no puede haber castigo bastante grande, y todo puedo permitírselo a mi resentimiento. Sí, sí, todo debéis temerlo tras de semejante insulto; no me domino ya, sino que me domina mi rabia: traspasado por el golpe mortal con que me asesináis, no se gobiernan ya por la razón mis sentidos, cedo a los impulsos de una justa cólera y no respondo de lo que pueda hacer.

CELIMENA.

¿A qué se debe, por favor, semejante arrebato? Decidme, ¿habéis perdido el juicio?

ALCESTE

Sí, sí, lo perdí cuando al veros absorbí para desgracia mía el veneno que me mata, y cuando creí encontrar alguna sinceridad en las traidoras seducciones con que fui hechizado.

CELIMENA

¿Pero de qué traición podéis quejaros?

ALCESTE

¡Ah, qué duplicidad la de este corazón y qué bien domina el arte de fingir! Pero yo tengo en la mano los medios de reducirlo: poned aquí los ojos, reconoced vuestra letra; el descubrimiento de este billete basta para confundiros y no hay nada que decir ante semejante prueba.

CELIMENA

¿Es esto, pues, lo que os perturba el espíritu?

ALCESTE

¿No os sonrojáis mirando este papel?

CELIMENA

¿Y por qué razón habría de sonrojarme?

ALCESTE

¿Cómo? ¿Unís todavía la audacia al artificio? ¿Lo desautorizaréis porque carece de firma?

CELIMENA

¿Por qué desautorizar un billete de mi mano?

ALCESTE

¿Y podéis mirarlo sin quedar convicta del crimen contra mí de que su texto os acusa?

CELIMENA

La verdad, sois un gran maniático.

ALCESTE

¿Cómo? ¿Desafiáis así este convincente testimonio? ¿Y en lo que me descubre de dulzura hacia Oronte nada hay que me ultraje ni que os avergüence?

CELIMENA

¿Oronte? ¿Y quién os dice que es para él la carta?

ALCESTE

Las gentes que hoy la han puesto en mis manos. Pero consiento en admitir que sea para otro: ¿por eso tendrá que quejarse menos de vos mi corazón? ¿Seréis en realidad menos culpable conmigo?

CELIMENA

Pero si es una mujer la destinataria de este billete, ¿en qué puedo heriros? ¿Y qué tiene de culpable?

ALCESTE

Ah, la salida está buena y la excusa admirable. No me lo esperaba, lo confieso, y heme aquí completamente convencido por ella. ¿Osáis recurrir a esas astucias groseras? ¿Y creéis a la gente tan desprovista de entendimiento? Veamos, veamos un poco por qué sesgo, de qué manera podéis sostener una mentira tan evidente, y como podéis aplicar a una mujer todas las palabras de un billete que muestra tanto ardor. Adaptad, para cubrir vuestra infidelidad, lo que voy a leer...

CELIMENA

No me da la gana. Encuentro divertido que uséis de tal imperio, y que me digáis en la cara lo que osáis decirme.

ALCESTE

No, no: sin enojaros, molestáos un poco en justificarme los términos siguientes.

CELIMENA

No, no he de hacer nada, y me importa poco todo lo que creáis al respecto.

ALCESTE

Por favor, mostradme que se puede explicar como dirigido a una mujer este billete y quedaré satisfecho.

CELIMENA

No, es para Oronte, y me gusta que lo crean; recibo con mucha alegría sus homenajes; admiro lo que dice, estimo lo que es, y estoy de acuerdo con cuanto queráis. Hacedlo, decidíos, no os detenga nada, y no sigáis calentándome la cabeza.

ALCESTE (aparte)

¡Cielos! ¿Se inventó acaso algo más cruel? ¿Y fue jamás otro corazón tratado de tal manera? ¿Cómo? (Estoy conmovido contra ella por una justificada cólera, soy yo quien vengo a quejarme y es a mí a quien se regaña! ¡Se impulsan mis sospechas y mi dolor hasta el último extremo, se me deja creer todo, se jactan de todo; y sin embargo mi corazón es tan cobarde como para no poder romper la cadena que lo liga, ni armarse de un generoso desprecio contra la ingrata de la que está por demás prendado! (A Celimena.) ¡Ah, qué bien sabéis en esto, pérfida, serviros contra mí mismo de mi debilidad sin límites! ¡Y manejar en favor vuestro el exceso prodigioso de este fatal amor engendrado por vuestros ojos traidores! Defendéos al menos de un crimen que me agobia, y cesad en esa afectación de ser culpable conmigo; demostradme, si es posible, que es inocente esta carta.: mi ternura consiente en ayudaros; esforzáos vos en parecer fiel, y yo me esforzaré en creer que lo sois.

CELIMENA

Quitad allá, sois loco con vuestros transportes de celos, y no merecéis el amor que os tienen. Me gustaría saber qué cosa podría obligarme a descender con vos a las bajezas del fingimiento, y por qué si mi corazón se inclinara hacia otro lado no había de decíroslo con sinceridad. ¿Cómo? ¿La halagadora confesión de mis sentimientos no toma mi defensa contra vuestras dudas? ¿Pueden tener ellas algún peso frente a tal garantía? ¿No es ofenderme el escucharlas? Y puesto que nuestro corazón para resolverse a confesar que ama debe hacer un violentísimo esfuerzo, pues que el honor del sexo, enemigo de nuestras pasiones, se opone con fuerza a declaraciones semejantes, el enamorado que ve franquear en honor suyo tal valla, ¿debe dudar impunemente de ese oráculo? ¿Y no es culpable al desconfiar de algo que no se dice sino tras de grandes combates? Quitad, merecen mi cólera tales sospechas y vos no valéis el caso que os hago: soy una tonta y me odio por mi simplicidad de conservaros todavía algún afecto; debería fijar mi estimación en otra parte y daros un legítimo motivo de queja.

ALCESTE

¡Ah, traidora, es extraña mi debilidad por vos! Me engañáis, sin duda, con tan dulces palabras: pero no importa, debo cumplir mi destino: mi alma se abandona íntegramente a vos; quiero ver hasta el fin cuál será la vía de vuestro corazón y si tendrá la perversidad de traicionarme.

CELIMENA

No, vos no me amáis como se debe amar.

ALCESTE

Ah, no hay nada comparable a mi inmenso amor; y en su ardiente deseo de manifestarse a todos, va a formular deseos en contra vuestra. Sí, querría que nadie os encontrara digna de amor, que quedarais reducida a una miserable suerte, que al nacer nada os hubiera otorgado el cielo, que no tuvierais ni rango, ni nombre, ni bienes, a fin de que el ruidoso sacrificio de mi corazón pudiera reparar la injusticia de semejante suerte, y que en ese día tuviera yo la dicha y la gloria de veros alcanzarlo todo de manos de mi amor.

CELIMENA

¡Es desearme el bien en forma muy extraña! ¡Presérveme el cielo de que eso ocurra! Pero he aquí al señor Dubois, cómicamente equipado.

ESCENA CUARTA

Celimena, Alceste, Dubois

ALCESTE

¿Qué significa esa traza y ese aire azorado? ¿Qué tienes?

DUBOIS

Señor...

ALCESTE

¡Y bien!

DUBOIS

Hay muchos misterios.

ALCESTE

¿Qué pasa?

DUBOIS

Nos va mal, señor, en nuestros asuntos.

ALCESTE

¿Cómo?

DUBOIS

¿Puedo hablar alto?

ALCESTE

Sí, habla y rápido.

DUBOIS

¿No hay allí alguien...?

ALCESTE

¡Ah, cuántos circunloquios! ¿Quieres hablar?

DUBOIS

Señor, hay que batirse en retirada.

ALCESTE

¿Cómo?

DUBOIS

Tenemos que marcharnos a escondidas de aquí.

ALCESTE

¿Y por qué?

DUBOIS

Os digo que hay que abandonar estos lugares.

ALCESTE

¿La causa?

DUBOIS

Hay que partir, señor, sin despedirse.

ALCESTE

¿Pero por qué razón me hablas así?

DUBOIS

Por la razón, señor, de que hay que poner pies en polvorosa.

ALCESTE

Ah, te romperé la cabeza, seguramente, si no quieres explicarte más, bribón.

DUBOIS

Señor, un hombre de traje y cara negra, ha venido a dejarnos en la cocina un papel garabateado de tal modo, que para leerlo habría que ser peor que el diablo. Es de vuestro proceso, no me cabe duda, pero el mismo diablo creo que no entendería palabra.

ALCESTE

¿Y bien? ¿Qué? ¿Qué tiene que ver ese papel, traidor, con la partida de que vienes a hablarme?

DUBOIS

Es para deciros, señor, que una hora después, un hombre que os visita a menudo vino a buscaros con mucha prisa; y al no encontraros me encargó cortésmente, sabiendo que yo os sirvo con mucho celo, que os dijera... Esperad, ¿cómo es que se llama?

ALCESTE

Deja en paz su nombre, traidor, y di lo que te ha dicho.

DUBOIS

En fin, es uno de vuestros amigos, eso basta. Me dijo que os arroja de aquí vuestro peligro, y que estáis bajo la amenaza de ser arrestado.

ALCESTE

¿Pero cómo? ¿No ha querido especificarte nada?

DUBOIS

No: me ha pedido papel y tinta y os ha escrito unas líneas donde pienso que podréis conocer el fondo de este misterio.

ALCESTE

Dámelo, pues.

CELIMENA

¿Qué puede significar esto?

ALCESTE

No sé, pero aspiro a verme informado. ¿Despacharás, impertinente del diablo?

DUBOIS (después de haber buscado largo tiempo el billete)

¡A fe mía! Señor, lo he dejado sobre vuestra mesa.

ALCESTE

No sé cómo me contengo...

CELIMENA

No os enojéis, y corred a desenredar semejante madeja.

ALCESTE

Parece que, a pesar de toda mi diligencia, la suerte ha jurado impedir que hable con vos; pero para triunfar de ella permitid a mi amor, señora, volver a veros antes de que acabe el día.

****

ACTO QUINTO

ESCENA PRIMERA

Alceste, Filinto

ALCESTE

Os digo que mi resolución está tomada.

FILINTO

Pero sea cual sea ese golpe, ¿debe acaso obligaron...?

ALCESTE

No: por mucho que digáis y por buenas que sean vuestras razones, nada puede apartarme de lo que digo: excesiva perversidad reina en nuestro siglo y quiero salir de la sociedad de los hombres. ¿Qué? ¿Ha de coaligarse contra mí todo a la vez, el honor, la probidad, el pudor y las leyes? Se habla en todas partes de la equidad de mi causa; mi alma reposa en la seguridad de mi derecho; y sin embargo, véome frustrado en mis esperanzas: ¡la justicia es mía y pierdo mi proceso! ¡Un traidor, de quien se conoce la escandalosa historia, sale triunfante por medio de una falsedad negra! ¡La buena fe cede totalmente a su alevosía! ¡Me degüella y encuentra medio de tener razón! ¡El peso de su hipocresía, en la que brilla la astucia, da vuelta la justicia y derriba el derecho! ¡Hace legalizar con una sentencia su fechoría! ¡Y no contento aún de la injusticia que se me hace, el infame tiene el descaro de darme como autor de un libro abominable que circula entre la gente, un libro cuya lectura misma es condenable y que merece todas las penas! ¡Y vemos a Oronte que murmura al respecto, tratando malignamente de apoyar la impostura! ¡Él, que tiene en la corte rango de hombre principal, a quien nada he hecho fuera de manifestármele sincero y franco, que viene con apremiante ardor a pedirme, a pesar mío, mi opinión sobre unos versos que ha hecho; y porque le hablo con honestidad sin querer traicionar ni a la verdad ni a él, ayuda a abrumarme con un crimen imaginario! ¡Helo ahí convertido en mi mayor enemigo! ¡Y jamás podrá perdonarme su corazón el no haber encontrado que fuera bueno su soneto! ¡Y así están hechos los hombres, pardiez! ¡A tales acciones los induce la gloria! ¡He aquí la buena fe, el virtuoso celo, la justicia y el honor que entre ellos se encuentran! Vamos, es demasiado soportar que nos castiguen: salgamos de este bosque, de esta madriguera. Puesto que vivís así, como verdaderos lobos, nunca en mi vida me tendréis entre vosotros, traidores.

FILINTO

Me parece que vuestro designio es un poco precipitado, y que no es tan grande el mal como lo creéis: lo que osa imputaros vuestro contrario no ha merecido crédito como para que os arresten; vemos que por sí mismo se destruye su falso testimonio. Y se trata de una acción que puede dañarlo mucho.

ALCESTE

¿A él? Él no teme el escándalo de tales pasadas; le está permitido ser tunante abiertamente; y lejos de perjudicar a su crédito esta aventura, se le verá en mejor posición mañana.

FILINTO

En fin, lo cierto es que no se ha dado ninguna fe al rumor que contra vos ha esparcido su malicia: nada tenéis ya que temer por ese lado; y en cuanto a vuestro proceso, del que podéis quejaros, os es fácil apelar de él en justicia y contra esa sentencia...

ALCESTE

No: quiero atenerme a ella. Por muy sensible que sea el agravio que tal sentencia me causa, me guardaré mucho de pedir su casación: demasiado bien se ve maltratado en ella el derecho y quiero que pase a la posteridad como señal insigne y testimonio notable de la malignidad de los hombres de nuestra época. Podrá costarme veinte mil francos, pero por veinte mil francos tendré el derecho de echar pestes contra la iniquidad de la naturaleza humana, y de alimentar odio inmortal contra ella.

FILINTO

Pero en fin...

ALCESTE

Pero en fin, vuestras molestias son inútiles: ¿qué podéis, señor, decirme al respecto? ¿Tendréis el descaro de querer excusar en mis propias barbas el horror de todo lo que pasa?

FILINTO

No: estoy de acuerdo con cuanto queráis: todo marcha por interés y por intriga; nada prevalece hoy fuera de la astucia y los hombres deberían estar hechos por diferente manera. ¿Pero es una razón su poca justicia para querer apartarse de su sociedad? En la vida, todos esos humanos defectos nos dan ocasión para ejercer nuestra filosofía: la virtud no puede encontrar más hermoso empleo; 'y si todo estuviera lleno de probidad, si todos los corazones fueran francos, justos y dóciles, la mayor parte de las virtudes nos serían inútiles, puesto que nos sirven para poder soportar sin disgusto la injusticia de los demás cuando estamos en nuestro derecho; y lo mismo que un corazón de una virtud profunda...

ALCESTE

Sé que habláis, señor, admirablemente; siempre abundáis en hermosos razonamientos; pero perdéis el tiempo y todas vuestras lindas palabras. Lo razonable es que me retire, por mi propio bien: no tengo bastante dominio sobre mi lengua; no respondo de lo que habría de decir, y me echaría cien cosas encima. Dejadme, sin discutir, que espere a Celimena: preciso es que consienta en aprobar mi proyecto; voy a ver si hay amor para mí en su corazón, y es este momento el que ha de demostrármelo.

FILINTO

Mientras llega, subamos a lo de Elianta.

ALCESTE

No: tengo removida el alma por demasiadas zozobras. Id vos a verla y dejadme en este oscuro rincón con mi pena negra.

FILINTO

Es una extraña compañía para esperar, y he de obligar a Elianta a que baje.

ESCENA SEGUNDA

Alceste, Celimena, Oronte

ORONTE

Sí, a vos os corresponde considerar, señora, si queréis unirme del todo a vos por tan dulces lazos. Necesito estar plenamente seguro de vuestra alma: un enamorado no gusta de las vacilaciones en ese punto. Si la fuerza de mi pasión ha podido conmoveros, no debéis fingir para ocultármelo; y después de todo, la prueba que os demando, señora, es que no soportéis que os pretenda Alceste, que lo sacrifiquéis a mi amor, y que lo desterréis de vuestra casa desde este día.

CELIMENA

¿Pero qué motivo os irrita tanto contra él, cuando tanto os he oído a vos mismo hablar de su mérito?

ORONTE

Señora, tales aclaraciones no son necesarias; se trata de saber cuáles son vuestros sentimientos. Escoged, por favor, entre conservar al uno o al otro: mi resolución no espera más que la vuestra.

ALCESTE (saliendo del rincón donde se había retirado)

Sí, este señor tiene razón: hay que escoger, señora, y su demanda se acuerda aquí con mi deseo. Idéntico ardor me apremia y la misma preocupación me guía; mi amor quiere una prueba segura del vuestro, las cosas no pueden ya seguir dilatándose y ha llegado el momento de que expliquéis vuestro corazón.

ORONTE

Señor, de ningún modo quiero turbar con una importuna pasión vuestra conquista.

ALCESTE

Señor, celoso o no celoso, nada quiero compartir con vos de su corazón.

ORONTE

Si vuestro amor parécele preferible al mío...

ALCESTE

Si es capaz de la más mínima inclinación hacia vos...

ORONTE

Juro nada pretender de ella en adelante.

ALCESTE

Juro claramente no verla nunca más.

ORONTE

Señora, a vos os toca hablar sin embarazo.

ALCESTE

Señora, podéis explicaros sin temor.

ORONTE

Sólo tenéis que decirnos a quién se dirigen vuestros deseos.

ALCESTE

Sólo tenéis que zanjar y elegir entre ambos.

ORONTE

¿Cómo? ¡Parecéis dudar ante tal elección!

ALCESTE

¿Cómo? ¡Vuestra alma vacila y parece incierta!

CELIMENA

¡Dios mío! ¡Qué importuna es esta exigencia ahora, y qué poco juicio testimoniáis ambos! Bien sé decidirme en esta elección y no es mi corazón el que vacila al presente: indudablemente no está suspenso entre vosotros, puesto que nada es más rápido que la elección de nuestros deseos. Pero a decir verdad, me produce una violencia excesiva tener que haceros en la cara una confesión de tal suerte: yo creo que las palabras descomedidas no se deben decir en presencia de las gentes; que el corazón da demasiado indicio de su sentimiento sin que se nos obligue a chocar a los demás; y en fin, que es suficiente con que más suaves pruebas instruyan a un enamorado acerca de la desgracia de sus pretensiones.

ORONTE

No, no, nada temo de una confesión franca: por mi parte consiento en ella.

ALCESTE

Y yo la exijo: es su escándalo sobre todo lo que oso pedir .aquí, y no pretendo que guardéis consideración alguna. Vuestra gran habilidad es conservar a todo el mundo; pero basta de diversión y basta de incertidumbre; tenéis que explicaros claramente al respecto o tomo como decisión vuestro rechazo; sabré, por mi parte, explicar ese silencio, y me tendré por dicho todo lo malo en que estoy pensando.

ORONTE

Os estoy muy agradecido, señor, por esa cólera, y digo en este momento lo mismo que vos.

CELIMENA

¡Cómo me cansáis con semejante capricho! ¿Es justo que pedís ¿ Y no os he dicho cual es el motivo que me retiene? Ahí viene Elianta, a quien tomaré por juez.

ESCENA TERCERA

Elianta, Filinto, Celimena, Oronte, Alceste

CELIMENA

Prima mía, me veo acosada aquí por personas cuya voluntad parece haberse puesto de acuerdo. Ambos quieren con el mismo afán que declare con cuál de ellos se queda mi corazón, y que por una decisión que debo notificarles en la propia cara, prohíba a uno de ellos todos los homenajes que pueda rendirme. Decidme si jamás se hicieron así estas cosas.

ELIANTA

No vengáis a consultarme sobre eso: acaso os encaminaríais mal, pues yo estoy por las gentes que dicen lo que piensan.

ORONTE

Señora, es en vano que os defendáis.

ALCESTE

Ninguna de vuestras argucias será secundada aquí.

ORONTE

Debéis, debéis hablar sin más vacilaciones.

ALCESTE

Os basta con proseguir guardando silencio.

ORONTE

Sólo quiero una palabra para acabar nuestra discusión.

ALCESTE

Y yo comprenderé si os quedáis callada.

ESCENA CUARTA

Celimena, Elianta, Alceste, Filinto, Oronte, Arsinoe,

Acasto, Clitandro

ACASTO (a Celimena)

Señora, venimos ambos a aclarar con vos un asuntillo, si no os fuera molestia.

CLITANDRO (a Oronte y Alceste)

Señores, os encontráis aquí muy a propósito, pues estáis mezclados también en este asunto.

ARSINOE (a Celimena)

Señora, os sorprenderá mi presencia; pero mi venida se debe a estos señores: ambos me han encontrado y se han quejado a mí de un hecho al que no puede prestar fe mi corazón. Yo tengo una estima demasiado alta por el fondo de vuestro ser, para creeros jamás capaz de semejante crimen: mis ojos han desmentido sus más seguras pruebas; y como la amistad no hace caso de las pequeñas discusiones, he querido acompañarlos de buena gana para veros salir limpia de esta calumnia.

ACASTO

Sí, señora, veamos con espíritu conciliador cómo os arregláis para componer esto. ¿Habéis escrito vos esta carta a Clitandro?

CLITANDRO

¿Escribisteis para Acasto este tierno billete?

ACASTO (a Oronte y Alceste)

Señores, estos rasgos no son oscuros para vosotros, pues no dudo de que su amabilidad haya sabido ejercitaros demasiado en conocer su letra; pero esto bien vale la pena de ser leído.

"Sois absurdo al condenar mi jovialidad, y al reprocharme que jamás esté tan alegre como cuando no estoy con vos. No hay nada más injusto; y si no venís muy pronto a pedirme perdón por esta ofensa, no he de perdonárosla en mi vida. El gran zanquilargo de nuestro Vizconde... Vizconde..."

Debería estar aquí.

"El gran zanquilargo de nuestro Vizconde, por quien comenzáis vuestras quejas, es un hombre que no podría convenirme: y después de haberlo visto, durante tres cuartos de hora, escupir dentro de un pozo para hacer redondeles, jamás he conseguido formarme buena opinión de él. En cuanto al Marquesito..."

Soy yo mismo, señores, sin vanidad ninguna.

"En cuanto al Marquesito, que ayer me oprimió la mano largo tiempo, me parece que no hay nada más sutil que toda su persona; poco sería si no fuera por la capa y la espada... En cuanto al hombre de las cintas verdes..." (A Alceste.) Sois mano, señor.

"En cuanto al hombre de las cintas verdes, me divirtió alguna vez con sus brusquedades y su humor avinagrado; pero hay mil ocasiones en que lo considero lo más fastidioso del mundo. Y en cuanto al hombre de la chupa..."

(A Oronte.) Ya tenéis remoquete.

"Y en cuanto al hombre de la chupa, que se ha entre gado a la literatura y quiere ser autor pese a todo el mundo, no puedo tomarme el trabajo de escuchar lo que dice; y su prosa me aburre tanto como sus versos. Meteos pues en la cabeza que no siempre me divierto tanto como pensáis; que os extraño más de lo que querría en todas las fiestas adonde me arrastran; y que la presencia de lo que amamos es un maravilloso condimento para nuestros placeres."

CLITANDRO

Ahora, vedme a mí.

"Vuestro Clitandro, de quien me habláis, y que hace tanto el meloso, es el último de los hombres por quien sentiría amistad. Él está loco al persuadirse de que es amado, y vos lo estáis al creer que no os aman. Para ser razonable, cambiad vuestros sentimientos por los suyos; y vedme lo más que podáis para ayudarme a sobrellevar el disgusto de sus asiduidades."

Vemos aquí la imagen de una bellísima persona: ¿sabéis, vos, señora, qué nombre merece? Eso basta: uno y otro vamos a mostrar en todas partes el glorioso retrato de vuestro corazón.

ACASTO

Mucho podría deciros, porque el tema es sabroso; pero no os considero digna de mi cólera; y os demostraré que los marquesitos tienen, para consolarse, corazones de más alto

ESCENA QUINTA

Celimena, Elianta, Arsinoe, Alceste, Oronte, Filinto

ORONTE

¿Cómo? ¿Veo que me desgarráis de esta manera, después de todo lo que os he visto escribirme? ¡Y vuestro corazón, adornado con bellas apariencias de amor, se promete sucesivamente a todo el género humano! Quitad, estaba yo por demás engañado y no quiero seguir estándolo. Me hacéis un bien permitiendo que os conozca: aprovecho del corazón que así me devolvéis y encuentro mi venganza en lo que vais perdiendo. (A Alceste.) Señor, no soy ya un obstáculo a vuestros amores, y podéis cerrar trato con la señora. (Sale.)

ESCENA SEXTA

Celimena, Elianta, Arsinoe, Alceste, Filinto

ARSINOE (a Ceilmena)

Ciertamente, he aquí la más negra acción del mundo; no podría callarme, me siento emocionada. ¿Se ha visto jamás proceder como el vuestro? No me inquieto por la suerte de los otros; (mostrando a Alceste) pero este señor que os otorgaba la felicidad, un hombre como él, de honor y de mérito, y que os amaba con idolatría, ¿hubiera debido...?

ALCESTE

Señora, os lo ruego, dejadme atender por mí mismo mis intereses en este asunto, y no os carguéis con inútiles molestias. Por mucho que os vea mi corazón poneros de su parte en la disputa, no se encuentra en estado de retribuir tan gran celo; y no podríais ser vos en quien pensara si quisiera vengarme por una nueva elección.

ARSINOE

¡Eh! ¿Creéis, señor, que tengamos tal pensamiento, y que haya tanto apremio por conseguiros? Me parece que tenéis el espíritu muy vanidoso si ha podido halagarse con esa creencia. Las sobras de esta señora son una mercancía por la que sería un error entusiasmarse tanto. Desengañaos, por favor, y no os engalléis: no son las personas como yo las que os convienen: haríais muy bien en seguir suspirando por ella y ardo en deseos de contemplar tan hermosa unión.

(Se retira.)

ESCENA SÉPTIMA

Celimena, Elianta, Alceste, Filinto

ALCESTE (a Celimena)

¡Y bien! He callado pese a lo que he visto, y he dejado hablar antes que yo a todo el mundo: ¿habré alcanzado bastante imperio sobre mí mismo y, podré ahora...?

CELIMENA

Sí, podéis decirlo todo: tenéis derecho a ello al quejaros, así como a reprocharme cuanto queráis. Me he equivocado, lo confieso, y mi alma, confundida, no trata de evadirse con ninguna vana excusa. He despreciado aquí el enojo de los demás, pero estoy de acuerdo en mi crimen por lo que a vos respecta. Razonable es sin duda vuestro resentimiento, sé cuán culpable debo pareceros, cómo todo parece indicar que os traicioné, y en fin, que tenéis motivo para odiarme, Hacedlo, consiento en ello.

ALCESTE

¡Ah, traidora! ¿Lo puedo acaso? ¿Puedo triunfar así de mi gran ternura? ¿Y aunque desee ardientemente odiaros, encuentro acaso a mi corazón pronto a obedecer? (A Elianta y Filinto.) Ya veis lo que puede una indigna ternura y os hago a ambos testigos de mi flaqueza. Pero, a decir verdad, esto no es todo aún y vais a verme llevarla hasta el extremo, demostrando que se nos llama sabios por error y que la debilidad humana existe en todos los corazones. (A Celimena.) Sí, pérfida, consiento en olvidar vuestros desmanes; sabré expulsarlos a todos en mi alma, y para mí mismo los cubriré bajo el dictado de una debilidad a que fue inducida vuestra juventud por las viciosas costumbres de la época, con tal de que vuestro corazón consienta en secundarme en mi proyecto de huir de los hombres, y de que os resolváis sin demora a seguirme al desierto donde he hecho voto de vivir: sólo así podéis reparar ante todos el crimen de vuestros escritos, y sólo así, después de este escándalo aborrecible para un corazón noble, puede serme permitido amaros todavía.

CELIMENA

¿Yo, renunciar al mundo antes de envejecer, para ir a enterrarme en vuestro desierto?

ALCESTE

¿Y si es cierto que vuestro sentimiento responde a mi amor, qué puede importarnos todo el resto del mundo? ¿No están satisfechos conmigo vuestros deseos?

CELIMENA

La soledad espanta a un alma de veinte años: no siendo la mía bastante grande, bastante fuerte, para resolverme a tomar resolución semejante. Si el don de mi mano puede satisfacer vuestras ansias, me decidiría a estrechar tales lazos y el himeneo...

ALCESTE

No: ahora mi corazón os detesta, y esta sola negativa hace más que todo el resto. Puesto que no estáis hecha para encontrarlo todo en mí como yo todo en vos en medio de tan dulces vínculos, quitad, os rechazo, y tan sensible ultraje me libra de vuestras indignas cadenas para siempre.

(Celimena se retira.)

ESCENA ÚLTIMA

Elianta, Alceste, Filinto

ALCESTE (a Elianta)

Señora, vuestra belleza está ornada por cien virtudes, y sólo en vos he encontrado sinceridad; me interesáis gran demente desde hace mucho tiempo, pero dejadme que os estime siempre en la misma forma; y permitid que mi corazón, agitado por mil desórdenes, no se doblegue al honor de vuestras cadenas: me siento demasiado indigno y comienzo a comprender que el cielo no me ha hecho nacer para ese lazo, que sería para vos un pobre homenaje el desecho de un corazón que no os iguala; y que en fin...

ELIANTA

Podéis pensar lo siguiente: no tengo prisa en otorgar mi mano; y sin inquietarme por demás, he aquí a vuestro amigo, que la aceptaría si yo se lo rogara.

FILINTO

¡Ah, señora!, ese honor es todo mi anhelo, y a él habría de sacrificar mi sangre y mi vida.

ALCESTE

¡Así podáis conservar siempre esos sentimientos el uno por el otro, a fin de gozar de dicha verdadera! Yo, traicionado por todos, abrumado de injusticias, voy a salir de este torbellino donde triunfan los vicios, para buscar sobre la tierra un apartado lugar, donde se pueda ser hombre de honor libremente. (Sale.)

FILINTO

Vamos, señora, vamos a emplear todos los medios para impedir el designio que se propone su alma.